El diente
de Franklin

Franklin

Franklin is a trademark of Kids Can Press Ltd.

EL DIENTE DE FRANKLIN

Spanish translation © 2001 Lectorum Publications, Inc.
Originally published in English by Kids Can Press under the title
FRANKLIN AND THE TOOTH FAIRY

Text © 1995 P.B. Creations Inc.
Illustrations © 1995 Brenda Clark Illustrator Inc.
Interior illustrations prepared with the assistance of
Dimitrije Kostic.

1-880507-88-9 (pb)
1-880507-89-7 (hc)

Printed in Hong Kong

10 9 8 7 6 5 4 3 2 1 (pb)
10 9 8 7 6 5 4 3 2 1 (hc)

Library of Congress Cataloging-in-Publication Data is available.

El diente
de Franklin

Por Paulette Bourgeois
Ilustrado por Brenda Clark
Traducido por Alejandra López Varela

Lectorum Publications, Inc.

FRANKLIN podía contar de dos en dos y atarse los cordones de los zapatos. Tenía muchos amigos, pero su preferido era Oso. Franklin y Oso tenían la misma edad. Vivían en el mismo barrio. Les gustaban los mismos juegos. Pero una mañana, Franklin descubrió algo en lo que él y Oso eran diferentes.

Mientras esperaban el autobús de la escuela, Oso se llevó la pata a la boca y empezó a mover un diente para adelante y para atrás. Lo movió y lo meneó y, al final, lo arrancó de un tirón.

—¡Mira esto! —dijo Oso—. Se me cayó el primer diente.

Franklin estaba muy asustado. Incluso había un poco de sangre en el diente.

—¡Es terrible! ¿Cómo se lo vas a decir a tu mamá?

Oso se echó a reír.

–Es normal que se te caigan los dientes –dijo
Oso–. Así pueden salir los dientes permanentes.

Franklin se pasó la lengua por las encías. Las tenía
lisas y firmes... y sin dientes.

–No tengo ningún diente –dijo Franklin.

Ahora fue Oso el que se sorprendió.

Los amigos de Franklin movieron la cabeza
con tristeza.

–¡Qué lástima! –dijeron.

Franklin estaba confundido. Nunca había
necesitado dientes.

Oso envolvió el diente en un pañuelo y lo
metió en la mochila.

–Tengo que guardarlo muy bien –dijo.

De camino a la escuela, Franklin se preguntó por qué Oso quería guardar el diente que se le había caído. Sobre todo si le iba a salir uno nuevo, lo cual era muy emocionante.

–¿Por qué quieres guardar el diente? –le preguntó Franklin–. ¿No decías que te iba a salir uno más grande muy pronto?

Todos sus amigos lo miraron sorprendidos.

–¿No has oído hablar del hada del diente? –le preguntó Zorro.

Franklin negó con la cabeza.

–Por la noche, antes de acostarte, tienes que poner el diente de leche debajo de la almohada –le explicó Zorro–. Entonces el hada viene y se lo lleva.

–Pero eso es robar –dijo Franklin–. Además, ¿qué hace el hada con todos los dientes?

Hubo un gran silencio.

Oso se rascó la cabeza. Zorro sacudió la cola y Conejo empezó a mover la nariz.

–No sé –dijo Oso–, pero siempre te deja algo a cambio.

–¿Un diente suyo? –preguntó Franklin.

Todos se echaron a reír.

–¡No, Franklin! –dijo Zorro–. El hada te deja un regalo.

Franklin se preguntó qué clase de regalo dejaría el hada.

—Espero que me deje dinero —dijo Oso.

—A mí, cuando se me cayó el primer diente, me dejó un libro nuevo —dijo Mapache.

—A mí me dejó unos lápices de colorear —dijo Zorro.

Franklin se frotó las encías. Pensó que le gustaría tener un diente para dejárselo al hada. Él también quería un regalo.

En cuanto llegó a la escuela, Oso le enseñó el diente al señor Búho.

El maestro estaba entusiasmado:

—Cuando pierdes los dientes de leche significa que te estás haciendo mayor —dijo.

Franklin no decía nada. No tenía dientes, pero él también quería ser mayor.

Franklin se mantuvo callado todo el día.

En casa tampoco dijo una palabra.

–¿Qué te ocurre? –preguntó su mamá.

–Que no tengo dientes –respondió.

–Nosotros tampoco –dijo su papá–. Así es como somos las tortugas.

–Pero yo quiero tener dientes –dijo Franklin.

Sus papás se quedaron muy sorprendidos.

—Mis amigos reciben regalos del hada cuando se les caen los dientes —dijo Franklin.

—¿Y por qué reciben regalos a cambio de dientes viejos? —preguntó el papá de Franklin.

—Porque eso quiere decir que se están haciendo mayores —explicó Franklin.

—Ya entiendo —respondió su papá.

Esa noche, antes de acostarse, Franklin tuvo una idea.

Quizás las hadas no sabían que las tortugas no tienen dientes.

Así que encontró una piedrecita blanca y la puso debajo de su caparazón.

Le pidió a su mamá que lo ayudara a escribir una nota. Decía:

> *Querida hada:*
>
> *Esto es un diente de tortuga.*
> *Puede que no hayas visto uno antes.*
> *Por favor, déjame un regalo.*
>
> > *Franklin*

A la mañana siguiente, Franklin se despertó muy temprano. Miró debajo de su caparazón. La piedrecita ya no estaba, pero en vez de un regalo, encontró una nota.

Fue corriendo a la habitación de sus papás.

–¿Qué dice? –preguntó Franklin.

El papá de Franklin se puso los lentes.

Querido Franklin,

Lo siento. Las tortugas no tienen dientes.
Te felicito por la idea.

Tu amiga. El hada.

Franklin se puso muy triste, hasta que vio un paquete envuelto al lado del plato de cereal.

–¡Ábrelo! –le dijo su mamá.

Era un libro precioso.

–¿Quién me lo ha traído? –preguntó Franklin.

–Nosotros –dijo su papá–. Para celebrar que te estás haciendo mayor.

Franklin dijo muy orgulloso:

–Muchas gracias.

Desde entonces, a Franklin no le importa ser diferente de Oso. Sabe que en las cosas que realmente son importantes él y Oso son iguales.